A Monsieur Félix Jeantet
Hommage de l'auteur
Paul Collin

TRENTE

POÉSIES RUSSES

DU MÊME AUTEUR

Musique de Chambre, poésies.	Hachette.
Glas et Carillons, poésies.	—
Du Grave au Doux, poésies.	—
Les Heures paisibles, poésies.	—
Poèmes musicaux.	Tresse et Stock.
Mes petits Concerts, poésies.	Lemerre.
Narcisse, musique de J. Massenet.	Heugel.
Le Poème d'Octobre, musique de J. Massenet.	—
L'Étoile, musique de H. Maréchal.	—
Rébecca, musique de César Franck.	—
Ulysse et les Sirènes, musique de Paul Puget.	—
L'Enlèvement de Proserpine, musique de Th. Dubois.	Girod.
La Naissance de Vénus, musique de G. Fauré.	Hamelle.
Le Miracle de Naïm, musique de H. Maréchal.	Mackar.
Eloa, d'après Alfred de Vigny, musique de Ch. Lefebvre	—
Judith, drame lyrique, musique de Ch. Lefebvre	—
Zaïre, opéra d'après Voltaire, musique de Ch. Lefebvre.	Tresse et Stock.
Atala, opéra d'après Chateaubriand, musique de J. Folville.	—
La Fille de Jaïre, musique de C. de Grandval. *(L'Académie des Beaux-Arts a décerné à ce poème le prix Rossini en 1878.)*	—
La Ronde des Songes, musique de C. de Grandval.	—

EN PRÉPARATION

Fleurs de Givre, poésies. 1 vol.

TRENTE

POÉSIES RUSSES

— MÉLODIES —

IMITÉES PAR

PAUL COLLIN

PARIS

ALPHONSE LEMERRE, ÉDITEUR

23-31, PASSAGE CHOISEUL, 23-31

M DCCC XCIV

*
* *

Il y a quelque temps, j'ai lu ceci : « Le comte de Vogüé a dit du russe que traduire cette langue de diamant, c'est une gageure à rendre fou de désespoir. » Pouchkine, lui-même, l'affirmait. « A mon avis, disait-il, rien n'est plus difficile que de traduire des vers russes en français, vu la concision de notre langue. »*

On pourrait s'expliquer par là que si peu de poésies russes aient été, jusqu'à présent, transcrites par nos poètes, quoique, à vrai dire, le nombre soit grand de

* *Figaro*, 18 juin 1892.

ceux dont le talent n'a pas à reculer devant les difficultés. Je croirais plutôt qu'à de plus habiles que moi, l'occasion a manqué de connaître les poésies russes. Moins digne qu'eux, sans doute, mais plus heureux, j'ai rencontré cette occasion et j'essaie d'en profiter, selon mes faibles moyens, et, pour aujourd'hui, dans une mesure bien restreinte encore. Je dois cette chance — comme d'ailleurs presque toutes les bonnes fortunes littéraires qui ont pu m'advenir — à mon grand amour de la musique et à la précieuse amitié des musiciens.

Le maître russe P. Tschaïkowsky, après m'avoir fait l'honneur de mettre en musique plusieurs pièces de mes vers, a bien voulu, d'accord avec son éditeur, me confier le soin d'adapter des paroles françaises à quelques-unes de ses belles mélodies, choisies parmi celles qui sont le plus réputées en son pays. J'ai entrepris ce travail avec ardeur, dans l'espoir de contribuer à répandre en France les inspirations d'un grand artiste. J'ai partagé, je le confesse, avant même de la connaître, l'opinion de M. de Vogüé et de Pouchkine, d'autant plus que la difficulté était, pour moi, doublée par la nécessité de main-

tenir la phrase parlée en accord avec la phrase chantée. Plus d'une fois, j'ai été pris de « désespoir » à me trouver chargé de régler ce duel corps à corps des mots et des notes. Mais quelques-uns des textes (dont le maître prenait la peine de m'indiquer lui-même le sens) m'ont assez charmé pour soutenir mon courage. Que dis-je? J'ai conçu la pensée de faire partager l'agrément de mes découvertes. Pour cela, à côté et en plus de l'adaptation musicale proprement dite, j'ai tenté de revêtir de la forme poétique française quelques-unes des idées russes qui m'avaient séduit. Telle est l'origine de ces petits essais.

Assurément, je ne me flatte pas d'avoir su triompher des périls reconnus et proclamés redoutables par les juges les plus compétents — dont la parole me vaudra, sans doute, le bénéfice des circonstances atténuantes. — D'ailleurs, j'ai plutôt voulu imiter que traduire ce qui est déclaré presque intraduisible. Sans m'écarter, je le crois, de la pensée de mes modèles, j'ai pu, dans l'expression, éprouver parfois une tentation de paraphrase, pour faire durer le plaisir, d'abord, et parce que la

« concision » de la langue russe ne saurait décidément être égalée. Mais j'espère que les quelques mesures de mes variations *sont trop discrètes pour avoir détruit le charme du* thème, *dont l'honneur revient tout entier aux poètes russes.*

Un mot encore. Ce petit livre paraît au moment même où la Russie vient rendre à la France une visite dont le retentissement sera grand et le souvenir durable. Je suis heureux, pour ma très humble part, de présenter à la nation amie, comme bouquet de bienvenue, ces fleurs cueillies dans ses propres jardins et qui gardent peut-être, malgré tout, un peu de leur parfum natal.

P. C.

Octobre 1893.

L'Hirondelle

(D'APRÈS SOURIKOV)

L'HIRONDELLE

PAR le chemin, rêveuse et triste, une orpheline
Marche d'un pas timide et lent.
Toute jeune, et pourtant son front pâle s'incline
D'un air languissant et dolent.

Elle pousse de gros soupirs, l'infortunée!...
Une hirondelle, en tournoyant,
Voltige sur sa tête, à la suivre obstinée,
Et, parfois, tout en gazouillant,

Elle s'approche tant de l'enfant qu'elle frôle,
Ainsi que pour les caresser,
Les boucles de cheveux flottant sur son épaule.
En vain l'enfant veut la chasser :

« Petit oiseau, pourquoi me suis-tu, lui dit-elle.
Petit oiseau libre et joyeux,
Va-t'en. J'ai dans le cœur une peine mortelle
Et j'ai des larmes plein les yeux!

— Non! Je m'attache à toi, pauvre âme désolée,
Et resterai sur ton chemin
Jusqu'à ce que mon chant t'ait un peu consolée;
Je viens apaiser ton chagrin;

« Car le triste secret de ta douleur amère,
Vois-tu, je ne l'ignore pas.
Écoute-moi. Je viens te parler de ton frère
Qui gémit prisonnier là-bas!

« Il m'a dit : « Toi qui peux partir, ouvre ton aile ;
« Vers le doux nid que j'ai quitté,
« Va ! va porter l'écho de mon amour fidèle
« A mon beau pays regretté !

« Et là tu trouveras ma sœur, ma sœur chérie,
« Seule en notre pauvre maison.
« Approche-toi sans crainte, alors, et, je t'en prie,
« Murmure-lui tout bas mon nom.

« Et, tâchant de donner à ton gentil ramage
« Son plus doux et plus tendre accent,
« Dis-lui pour moi d'avoir espérance et courage
« Et de toujours aimer l'absent ! »

J'étais une herbe aux champs...

(D'APRÈS SOURIKOV)

J'ÉTAIS UNE HERBE AUX CHAMPS...

J'ÉTAIS une herbe aux champs, verdoyante et fleurie.
Le soleil m'inondait de ses joyeux rayons;
Je grandissais, paisible en ma calme prairie,
Libre comme l'essaim des jeunes papillons.

La main du moissonneur sans pitié m'a fauchée.
Adieu, féconde ardeur du ciel limpide et bleu,
Souffle frais du matin, brise embaumée, adieu!
A terre je languis flétrie et desséchée...

Oui, voilà bien, vraiment,
La triste destinée
A laquelle ici-bas le sort m'a condamnée!...
Hélas! Hélas! tout n'est que peine et que tourment!

***

J'étais un arbrisseau dans la forêt. Tranquille,
Je croissais, et déjà l'ombre de mes rameaux,
Offrant aux nids peureux un sûr et frais asile,
S'égayait au concert éternel des oiseaux.

Du bûcheron cruel l'impitoyable rage
M'a frappé. Mes débris mutilés et jaunis
N'entendront plus jamais le murmure des nids.
A terre je languis sans oiseaux, sans ombrage...

Oui, voilà bien, vraiment,
La triste destinée
A laquelle ici-bas le sort m'a condamnée!...
Hélas! hélas! tout n'est que peine et que tourment!

*
* *

Le cœur insoucieux, j'étais la jeune fille
Heureuse, et de sa joie emplissant la maison;
Abritant mon bonheur au foyer de famille,
Je n'avais pas rêvé de plus vaste horizon.

Mon injuste marâtre ordonne que je suive
Un morose vieillard qui devient mon époux.
Loin des miens, loin de tout ce qui m'était si doux,
Et sans amour, il faut désormais que je vive!

Trop cruelle est, vraiment,
La triste destinée
A laquelle ici-bas le sort m'a condamnée!....
Hélas! pour moi tout n'est que peine et que tourment!

L'Aube

(D'APRÈS SOURIKOV)

2

L'AUBE

Une lueur très faible encore
Commence à blanchir l'horizon ;
Tremblant et pâle, son rayon
Présage une prochaine éclosion d'aurore.

Entends-tu dans les bois, par l'été rajeunis,
Une claire chanson s'éveiller dans les nids ?

Lentement l'azur se délivre
Du voile humide des vapeurs;
La rosée à l'âme des fleurs
Laisse un plus doux parfum dont la brise s'enivre.

Un souffle harmonieux sur les champs assoupis
Glisse et fait mollement frissonner les épis.

Secouons la torpeur du rêve.
Debout. Bienvenu soit ce jour!
Et saluons avec amour
L'auguste majesté du soleil qui se lève.

Quand le ciel est si calme et si pur à nos yeux,
Ayons l'âme sereine et le cœur radieux...

Adressons notre humble prière
A Dieu, de qui nous vient tout bien,
A Dieu, le père et le soutien,
Puis allons faire en paix la tâche journalière.

Prions avec ferveur et gaîment travaillons.
Le Tout-Puissant rendra fertiles nos sillons.

Le Crépuscule

(D'APRÈS SOURIKOV)

LE CRÉPUSCULE

LE soleil, fatigué de sa course, décline,
Et l'on voit lentement,
Derrière la colline,
Décroître la splendeur de son rayonnement.

A peine si, mourant et pâle, il jette encore
Au miroir de l'étang
Un reflet incolore
Dont il ne restera plus rien dans un instant.

Tout rentre, par degrés, dans l'ombre et le mystère,
Sans secousse, sans bruit.
Et le ciel et la terre
Se plongent dans la paix qui précède la nuit.

Par moments, on entend, s'envolant dans la brise,
Et par l'écho lointain
Répétée indécise,
Une vague chanson qui murmure et s'éteint.

Une étoile là-haut s'allume, la première,
Qui d'un regard ami
Fait tomber la lumière
Sur le monde déjà somnolent à demi.

Oui, le calme s'étend sur toute la nature;
Tout s'apaise, excepté
Le chagrin qui torture,
Plus amer chaque jour, mon esprit tourmenté;

Et tout va s'endormir, excepté la souffrance
Dont mon cœur est rempli...
Rends-moi donc l'espérance,
O Dieu juste et clément, ou donne-moi l'oubli!

Au Jardin

(D'APRÈS SOURIKOV)

AU JARDIN

Au jardin, que traverse un limpide ruisseau,
Sous la trop vive ardeur du soleil qui les grille,
Les fleurs penchent leur front flétri. La jeune fille
Pour elles cependant ne va pas puiser l'eau.

Au jardin potager, près du ruisseau qui coule,
Les houblons sont brûlés et, mourant de chaleur,
Inclinent leurs rameaux sans force et sans couleur,
Et pendent aux bâtons où leur tige s'enroule.

Au potager, tout est jauni, perdu, roussi :
Les légumes, les fruits, les fleurs, tout se dessèche.
La source est là, pourtant, tout près, la source fraîche...
La fillette le sait, mais n'en a point souci.

Qu'a-t-elle donc ? Ses yeux, où pétillait la joie
Jadis, sont à présent rougis; son front, serein
Jadis, est maintenant pâle. Quel noir chagrin
La trouble ? A quel tourment son cœur est-il en proie ?

Les jours passent, et rien ne console l'ennui
Du mal mystérieux dont sa pauvre âme est pleine.
Elle pleure, sanglote et se lamente... et lui,
L'insoucieux garçon, se moque de sa peine !...

Oublier !

(D'APRÈS A. APOUKHTINE)

OUBLIER !

Oublier !... O mon Dieu, se peut-il qu'on oublie
Si vite ce qui fut le bonheur d'une vie !

Oublier l'heure exquise où le cœur a battu
D'ivresse, après l'aveu si longtemps attendu...

Oublier la douceur des phrases murmurées
A voix basse et l'émoi tremblant des mains serrées...

Et les longs entretiens dont les astres des cieux,
Le soir, étaient les seuls témoins silencieux...

Les rendez-vous, sous le discret abri des branches,
Dans le calme des nuits d'été tièdes et blanches...

Et les doutes jaloux, les troubles oppressés,
Nés d'un rien et qu'un rien a bientôt effacés...

Et les yeux échangeant leurs muettes caresses,
Et l'ardeur des serments d'éternelles tendresses...

Et les rêves, les beaux rêves d'un avenir
Tout d'azur que jamais rien ne pourra ternir...

L'amour, enfin, la chère et divine folie...
O mon Dieu, se peut-il que si vite on oublie!

Rossignol, doux charmeur...

(D'APRÈS POUCHKINE)

ROSSIGNOL, DOUX CHARMEUR...

Rossignol, doux charmeur, tu sais trois chants d'amour
Qu'à l'écho de nos bois tu redis tour à tour...

Et moi, pauvre garçon, je porte en ma pensée
Trois chagrins dont mon âme est pour toujours blessée.

D'abord, loin du pays heureux où je suis né,
Je languis, à l'exil éternel condamné ;

Puis, mon cheval si fort, si vaillant à la peine,
Si fidèle et si bon, est mort, l'autre semaine ;

Enfin, de l'enfant blonde et douce que j'aimais
L'impitoyable sort me sépare à jamais.

Mon mal est sans espoir. Il faut que j'y succombe.
Creusez-moi dans ce pré, longue et large, une tombe.

Plantez-y, du côté du front, de verts buissons
D'aubépine, qu'Avril emplira de chansons,

Et, du côté des pieds, amenez, claire et pure,
L'eau des sources qui coule avec un frais murmure.

Et quand je dormirai, là, mon sommeil sans fin,
Chaque jour, aux clartés naissantes du matin,

Si, dans la profondeur de ma nuit solitaire,
Descendent jusqu'à moi les échos de la terre,

J'entendrai les éclats de rires enjôleurs
Des fillettes cueillant à pleines mains les fleurs

Ou la plainte des vieux qui, leur cruche remplie,
Près de l'eau, causeront avec mélancolie.

La Mort

(D'APRÈS MEREJKOWSKY)

LA MORT

Par un beau soir d'été, quand les roses pâmées
S'effeuillent, exhalant leurs âmes parfumées;

Quand, au ciel que blanchit le rayon incertain
De l'aube, la clarté des étoiles s'éteint;

Quand, aux obscurités de la nuit faisant place,
Le jour, qui par degrés s'est affaibli, s'efface;

Quand le flot de la mer sur les sables du bord
Expire languissant et brisé, c'est la mort!

Mais la mort sans effroi, sans lutte, sans secousse;
C'est la mort, mais la mort sereine, calme, douce,

La mort offrant, après le labeur accompli,
Le bienfait du repos, le bonheur de l'oubli!...

Mère attentive et tendre, ô nature, tu donnes
Aux humains des leçons salutaires et bonnes!

Apprenons, nous aussi, mortels, à bien finir.
Quand nous verrons la mort vers nous près de venir,

Ne laissons échapper ni murmure ni plainte;
Que, libres de remords, nos âmes soient sans crainte,

Et, levant simplement nos regards vers les cieux,
Tombons la paix au cœur et le sourire aux yeux!

Sommeille!

(D'APRÈS MEREJKOWSKY)

SOMMEILLE!

Je voudrais m'endormir du grand sommeil, dans l'herbe,
Comme, enfant, j'y dormais ainsi qu'en un berceau!...
Quand se levait le jour bienfaisant et superbe,
Le soleil sur mon front rayonnait calme et beau...

Saluant la clarté de l'aurore vermeille,
L'alouette chantait, en traversant les cieux;
J'entendais vaguement son trille audacieux
Qui me disait : « Sommeille en paix, enfant, sommeille! »

Mille insectes, divers de forme et de couleurs,
De brillants papillons, de sveltes demoiselles,
Déployant tour à tour et refermant leurs ailes,
Semblaient des feux follets voltigeant sur les fleurs.

Des vieux arbres amis les mobiles ramures,
Se balançant au gré capricieux du vent,
Dans mes rêves faisaient flotter de longs murmures
Qui répétaient : « Sommeille en paix, petit enfant! »

Et, jusqu'à l'horizon, ma campagne natale
Étalait sa richesse à mes yeux assoupis,
Berçant, ainsi qu'un flot qu'agite la rafale,
L'indolente splendeur des flexibles épis.

Pour chanter le refrain d'amour à mon oreille,
Toute chose semblait avoir pris une voix :
Les fleurs et les oiseaux, les plaines et les bois,

Tout me disait, avec une douceur pareille,
D'un ton mystérieux et distinct à la fois :
« Sommeille, — nous veillons sur ton repos, — sommeille! »

L'Oiseau

(D'APRÈS PLESCHTSCHEEFF)

L'OISEAU

L'OISEAU joyeux s'éveille avec l'aube sereine.
Mais déjà, dès avant que le premier rayon
Brillât, le laboureur travaillait dans la plaine,
Penché sur sa charrue et creusant le sillon!

L'oiseau s'élancera plus haut que le nuage,
D'un vol rapide et sûr montant dans l'éther bleu.
Tout ce qu'il aura vu dans le petit village,
Il ira sans retard le redire au bon Dieu.

Il dira que le pauvre, en sa froide demeure,
Souffre, peine et gémit sous le poids de ses maux;
Que la terre est avare et qu'il faut, à toute heure,
La féconder, au prix d'efforts toujours nouveaux.

Car Avril même, Avril qui donne tant de joie
Aux gais oiseaux, Avril, si doux en sa beauté,
A ceux que la misère a choisis pour sa proie
N'apporte pas leur part d'espoir et de gaîté.

Certes, comme l'oiseau d'une chanson sonore
Salue insoucieux la naissance du jour,
Le laboureur voudrait aussi, quand vient l'aurore,
L'accueillir, au réveil, par un hymne d'amour;

Certe, il voudrait chanter, mais il faut qu'il se taise.
Comme un plomb écrasant, le fardeau du souci
Sur son cœur inquiet trop obstinément pèse
Et lui courbe le front sans trêve ni merci.

Donc l'oiseau priera Dieu pour qu'il soit secourable
Aux humbles et qu'il daigne, en étendant sa main
Sur eux, faire leur sort un peu moins misérable
Et moins durs les cailloux de leur rude chemin,

Et qu'il veuille, gardant leur âme de l'envie,
Leur bouche du blasphème et leur cœur du remord,
Les aider à traîner le labeur de la vie,
Sans plainte, en attendant le repos de la mort.

Berceuse pendant l'Orage

(D'APRÈS PLESCHTSCHEEFF)

BERCEUSE PENDANT L'ORAGE

NE fais pas tant de bruit, tempête! Sombre orage,
Que ta méchante voix ne gronde pas si fort;
Modère le fracas terrible de ta rage!
Mon petit enfant dort.

Il dort si doucement dans son berceau de soie,
Et, s'il rêve, son rêve est tout rose et tout bleu.
De son calme sommeil ne trouble pas la joie,
Orage du bon Dieu!

Éloigne-toi, nuage épais; change de route;
N'assombris pas encor l'éclat de son ciel pur.
Assez d'ombres viendront, hélas! bientôt, sans doute,
En obscurcir l'azur.

Alors, adieu les doux sommeils que rien n'agite,
Adieu l'heureuse paix des beaux rêves d'enfant...
Mais à présent, mon fils, ma prière t'abrite,
Mon amour te défend.

Dors tranquille, petit; ta mère est là qui veille,
Et l'orage déjà s'apaise dans les cieux.
Demain, quand, au lever de l'aurore vermeille,
Tu rouvriras les yeux,

Tu verras de nouveau resplendir sur la terre,
Dans toute sa beauté, le rayonnant soleil
Et, rayonnant aussi, le regard de ta mère
Sourire à ton réveil!...

Les Roses de Nazareth

(D'APRÈS PLESCHTSCHEEFF)

LES ROSES DE NAZARETH

L'ENFANT JÉSUS avait un très joli jardin
Qu'il se plaisait à cultiver lui-même.
De beaux rosiers le parterre était plein
Et chaque jour, dès l'aube du matin,
Le doux enfant de sa mignonne main
Les arrosait avec un soin extrême.
Il projetait, quand la belle saison
Aurait ouvert les fleurs fraîches écloses,
De couronner son front de guirlandes de roses.

Lorsque le temps vint de la floraison,
Il invita dans son humble maison
Tous les petits Hébreux du voisinage,
Qui, sans ménagement, comme on fait à cet âge,
Mirent le jardin au pillage.
Des fleurs et des boutons ce fut un tel carnage
Qu'on n'en laissa point pour Jésus.
Des bambins la joie était grande ;
Pourtant, craignant la réprimande,
Ils prirent tous un air confus
Et dirent : « Maintenant, ami, tu n'auras plus
De quoi te faire une guirlande.
Nous t'avons dépouillé.
— N'en ayez point souci,
Reprit en souriant Jésus. C'est bien ainsi.
Si mes roses sont dévastées,
Il me suffira, pour ma part,
Des épines qui sont restées. »

Et, comme un feu soudain brillait dans son regard,
D'obéir à sa voix les enfants s'empressèrent.
S'étant baissés, ils ramassèrent

Les épines, puis, les tressant,
Firent une couronne. Et quand elle fut prête,
Jésus, calme, la mit sur son front innocent.

Et d'un éclat resplendissant
On vit, au lieu de fleurs, sur sa petite tête
Rayonner des gouttes de sang.

Soirée d'Hiver

(D'APRÈS PLESCHTSCHEEFF)

SOIRÉE D'HIVER

ENFANTS, vous êtes bien dans cette bonne chambre ;
Vous y pouvez braver la rigueur des hivers
Et ne rien redouter des bises de décembre,
Près d'un feu pétillant et d'habits chauds couverts.

Le vent a beau gronder, dehors, comme un tonnerre,
Vous êtes bien, enfants, l'un près de l'autre assis,
Paisiblement groupés autour de votre mère
Dont votre oreille avide écoute les récits.

Et pendant qu'elle lit, on voit sur vos visages
Rayonner un éclair de curiosité;
Parfois même elle doit, aux plus jolis passages,
S'interrompre, tant est bruyante la gaîté!

Mais voici la lecture à présent terminée.
« Petits enfants, il faut aller faire dodo!
— Oh! non, non! L'heure n'est pas encore sonnée;
Oh! maman, voulez-vous nous jouer du piano?

— Il est vraiment trop tard, mes chéris, il me semble
Que vous avez besoin, tous, de vous reposer. »
Mais les mignons tyrans de protester ensemble,
Et d'un ton si câlin! Comment leur refuser?

Donc le joyeux tapage enfantin recommence;
Car chacun au concert prend part à sa façon.
Le rythme peu à peu s'accélère et la danse
D'elle-même se vient mêler à la chanson.

Oui, vainement la pluie aux fenêtres ruisselle,
Contre les volets clos la rafale gémit
Ou sur le toit la neige épaisse s'amoncelle...
Enfants, vous êtes bien dans votre petit nid.

Mais ce n'est pas à tous que Dieu donne en partage,
Même en leurs premiers ans, ce tranquille bonheur.
Il en est, il en est parmi ceux de votre âge
Dont le front s'est déjà courbé sous la douleur

Et qui savent déjà que la vie est amère,
A qui jamais, jamais, personne n'a souri,
A qui la mort brutale a déjà pris leur mère
Et qui, les soirs d'hiver, n'ont pas même un abri.

Oh! bien que vous marchiez sur des routes contraires,
Vous les verrez, un jour ou l'autre, c'est certain.
Enfants riches, enfants heureux, ce sont vos frères;
Ne les repoussez pas s'ils vous tendent la main.

La Fleur

(D'APRÈS PLESCHTSCHEEFF)

LA FLEUR

PAR milliers de milliers, dans tous les champs, les fleurs
Sont heureuses de naître et joyeuses de vivre;
La rosée, au matin, rafraîchit leurs couleurs
Et, le jour, le soleil de ses feux les enivre.

Le ciel fait sur leur front étinceler l'azur
Qui semble leur jeter un regard de tendresse,
Et le calme zéphyr d'un souffle tiède et pur,
Comme pour les bercer, mollement les caresse.

Comme elles, savourant la splendeur des rayons,
Les insectes légers viennent, en troupes folles,
Mêlés au gracieux essaim des papillons,
Près d'elles murmurer d'amoureuses paroles.

Pour les fleurs tout est joie et délice, au printemps;
Combien, au pré natal, leur sont chères et douces
L'haleine des parfums autour d'elles flottants
Et l'adorable paix des herbes et des mousses!

Près de là, cependant, s'enroulant aux barreaux
De la grille de fer d'une étroite croisée,
Dont le jour vient à peine effleurer les carreaux,
Se balance une fleur sans soleil ni rosée.

Les fleurs des champs l'ont vue et, comparant son sort
A leur heureux destin, elles ont pitié d'elle.
Son printemps, un hiver! et sa vie, une mort!
Aussi comme elle est pâle, et délicate et frêle!

Alors toutes ensemble elles lui disent : « Sœur,
Pourquoi ne viens-tu pas, dans la verte prairie,
De l'air libre avec nous respirer la douceur?
N'attends pas qu'à jamais ta beauté soit flétrie.

« Il en est temps encor, pauvrette, si tu veux;
Aux baisers du printemps, ta fraîcheur peut renaître;
Si l'aube, dès demain, te ranime à ses feux,
Tu vivras. Quitte donc cette triste fenêtre.

« Quitte l'humidité de ces murailles. Viens
Parmi nous. On grandit ici calme et sans peine;
Viens. De tous nos plaisirs tu peux faire les tiens.
Sinon, tù périras dans cette ombre malsaine.

— Non, répond-elle, non. Ma place est en ces lieux;
J'y dois rester. Pourtant, ce n'est pas que j'ignore
Les splendeurs dont pour vous brille l'Avril joyeux,
Ni comme est bienfaisant le baiser de l'aurore.

« Je sais que votre vie est faite de gaîté ;
Je sais que le soleil, aux champs, n'est point avare
Des vivaces trésors de sa chaude clarté,
Et que de tous ses dons, sans compter, il vous pare.

« Je le sais. Et j'aurais, sans doute, un peu le droit,
O mes charmantes sœurs, de vous porter envie.
Mais non. Je veux rester en ce grillage étroit
Aussi longtemps que Dieu me laissera la vie.

« Soyez belles, mes sœurs ; faites épanouir
Vos grâces aux rayons dont le ciel vous inonde ;
Fleurissez, embaumez, mes sœurs, pour réjouir
De vos subtils parfums les heureux de ce monde.

« Moi, dans ce coin maussade et noir, je fleurirai
Pour le triste captif qui gémit dans l'épreuve,
Sans soleil, lui non plus ; pour le désespéré
Dont rien ne vient jamais consoler l'âme veuve.

« C'est moi qui seule vais, au fond de sa prison,
Lui parler de la bonne et sereine nature.
Il rêve, grâce à moi, d'espace, d'horizon,
De matin, de printemps, d'air libre et de verdure!

« Parfois même il oublie, un moment, ses douleurs,
Quand le petit parfum qui de mon cœur s'exhale
Lui rappelle, de loin, le parfum d'autres fleurs
Qui jadis embaumaient sa campagne natale. »

Nuits étoilées

(D'APRÈS POLONSKY)

NUITS ÉTOILÉES

L'AZUR, que le printemps délivrait de ses voiles,
Sur nos têtes brillait. De toutes les étoiles
Nous tombaient des splendeurs.
Un souffle frais et doux, qui balançait à peine
Les feuillages, dans l'air éparpillait l'haleine
Embaumante des fleurs.

Des bruits d'ailes, des chants d'oiseaux, flottant murmure,
Enchantaient le repos de cette nuit si pure,
Plus belle qu'un beau jour;
Et nous sentions en nous, dans une double ivresse,
Souriants et bénis, palpiter la jeunesse
Et s'éveiller l'amour.

Regardant l'avenir avec insouciance,
Nous marchions, le front haut, joyeux, sans méfiance,
Sans trouble dans le cœur;
Nous formions des projets sans limite et sans nombre.
L'hiver, que nous savions vaguement triste et sombre,
Ne nous faisait point peur!

Et maintenant, où donc, où donc s'en sont allées
Les limpides clartés de ces nuits constellées
Et leurs molles senteurs?
Où s'est enfui l'essaim volage de nos rêves?
Et quel vent a soufflé sur les chimères brèves
De nos espoirs menteurs?

Le temps impitoyable a des astres eux-mêmes
Éteint la pureté dans les ténèbres blêmes;
Leurs rayons sont ternis.
Les branches, déjà plus qu'à demi dépouillées,
Ne sont plus, au lever de l'aurore, égayées
Par la chanson des nids.

Puisque telle est la loi, venez, saisons moroses;
Écrasez sous vos pas toutes les fleurs écloses
Quand nous avions vingt ans!
Qu'importe? si malgré l'hiver, notre âme en elle
Garde, pour la bénir, la mémoire éternelle
Des radieux printemps!

Chanson de la Bohémienne

(D'APRÈS POLONSKY)

CHANSON DE LA BOHÉMIENNE

NOTRE bûcher mourant dans l'ombre jette à peine
Un rayon impuissant à percer les brouillards;
Nous pouvons, dans la nuit qui s'étend sur la plaine,
Nous faire nos adieux sans craindre les regards.

Car je serai bien loin, oui, bien loin, quand l'aurore
Reviendra resplendir au firmament, demain.
Où s'en va ma tribu, je la suis; et j'ignore,
En la suivant toujours, le but et le chemin.

Pauvre bohémienne, il faut que je m'en aille
A travers l'infini des steppes et des bois.
Adieu! Serre le nœud de mon châle à ma taille
Et prends-moi dans tes bras une dernière fois!...

Vois-tu? Comme les bouts flottants de ma ceinture,
Reliés par tes doigts, sont l'un à l'autre unis,
Nous nous sommes, un jour, rencontrés d'aventure
Et déjà nos amours sont à jamais finis.

Obscur est l'avenir que le sort nous destine.
Nul ne sait sur quel bord le vent me poussera.
L'écharpe que ta main croise sur ma poitrine,
Nul ne sait quelle main, là-bas, la dénouera.

Et toi?... Sur tes genoux, bientôt, une autre femme
De sa voix la plus tendre, après moi, comme moi,
Séduira ton oreille et charmera ton âme...
Souviens-toi, du moins, souviens-toi!...

Les deux Nuages

(D'APRÈS GREKOW)

LES DEUX NUAGES

REGARDE dans l'azur limpide cette nue
Qui glisse au souffle ami des brises d'Orient;
Les tranquilles rayons du matin souriant
L'argentent du reflet de leur grâce ingénue.

Autour d'elle, tout n'est qu'ardeur et pureté,
Splendeur qui réjouit et chaleur qui caresse;
En elle tout est joie, espérance, beauté;
D'un heureux avenir tout lui fait la promesse...
Elle ressemble à ta jeunesse!

*
* *

Regarde, solitaire et brumeux, ce nuage
Que pousse au ciel la bise inclémente du Nord;
Sombre comme la nuit, triste comme la mort,
Il porte en lui l'horreur d'un éternel orage.

Oh! s'efforcer toujours et ne jamais pouvoir!
Il voit de loin, là-bas, flotter la blanche nue,
Sans que jamais entre eux l'espace diminue.
Autour de lui tout brille : il reste seul et noir...
Il ressemble à mon désespoir!

Adieu !

(D'APRÈS NEKRASSOV)

ADIEU!

ADIEU! Ne garde pas souvenir des nuages
Qui parfois ont jeté de l'ombre sur nos cœurs;
Laisse à l'oubli les jours mauvais, les jours d'orages,
Dont l'amertume a fait souvent couler tes pleurs!

A l'oubli les combats, les fatigues, les peines
Des efforts impuissants et des rêves brisés;
Les stériles labeurs, les illusions vaines
Et l'accablant regret des vœux inapaisés!

Chasse, oh ! chasse surtout bien loin de ta pensée
Les chagrins que t'ont faits mes injustes courroux;
Si d'un soupçon cruel ton âme fut blessée,
Bannis le souvenir de mes transports jaloux!

Mais du jour où, sur nous se levant dans sa gloire,
Le soleil de l'Amour nous brûla de ses feux,
Garde éternellement la fidèle mémoire
Et des premiers soupirs et des premiers aveux.

Oui, garde, et bénis-la toujours, la pure image
Des heures d'autrefois, où, la main dans la main,
Nous donnant l'un à l'autre espérance et courage,
Souriants, nous marchions dans le même chemin!

L'Amour d'un Mort

(D'APRÈS LERMONTOW)

L'AMOUR D'UN MORT

Hélas! c'est vainement que sous l'humide terre,
Habitant des tombeaux, je suis enseveli;
Vainement que, couché dans l'ombre, solitaire,
Je cherche le repos et j'aspire à l'oubli.

Malgré la mort, toujours et partout, ma pensée
Est avec toi; mon âme à toute heure te suit.
Je croyais ton image à jamais effacée;
Ton image à jamais rayonne dans ma nuit.

Je croyais que la mort guérirait la blessure
Qu'avaient faite à mon cœur nos terrestres amours.
Je me trompais : je sens encore la morsure
De mes anciens tourments et j'en saigne toujours.

Affrontant sans effroi l'heure de l'agonie,
Je croyais que de toi je serais séparé...
Non. Mon âme te reste obstinément unie;
De nos liens brisés je suis mal délivré.

Dieu se révèle à moi, glorieux. Que m'importe
Dieu, sa gloire et l'éclat serein du paradis,
Si dans l'éternité des cieux mêmes j'emporte
Ce mal dont je souffrais sur la terre, jadis!

Dans mon sommeil sans fin toujours le même rêve
M'obsède et fait couler comme autrefois mes pleurs;
Ensemble triste et doux, il m'agite sans trêve
Et des mêmes désirs et des mêmes douleurs.

Dans ma tombe, vivante encor, la jalousie
Brûle de ses transports mes sens pourtant glacés.
Le trépas n'en a point calmé la frénésie...
Je suis jaloux, jaloux, ainsi qu'aux jours passés.

Ah ! si le souffle pur et frais de ton haleine
Est frais et pur encor pour un autre que moi !...
J'y songe frémissant, angoissé, l'âme pleine
De la muette horreur d'un impuissant émoi !

Quand j'écoute les bruits humains, je crois entendre
Ta voix, ta chère voix, qui murmure tout bas,
Tout bas, et d'un accent voluptueux et tendre,
Un nom... Et c'est un nom que je ne connais pas !

Alors chacun des mots que prononcent tes lèvres
Semble un tison cruel qui tombe sur mon cœur
Et sous mon front blêmi vient rallumer des fièvres
Dont j'espérais éteinte enfin la folle ardeur !...

Hélas! c'est vainement que sous l'humide terre,
Habitant des tombeaux, je suis enseveli;
Vainement que, couché dans l'ombre, solitaire,
Je cherche le repos et j'aspire à l'oubli.

Larmes humaines

(D'APRÈS TIOUTCHEV)

LARMES HUMAINES

LARMES humaines, vous coulez,
D'un bout à l'autre de la terre,
De tous les yeux inconsolés,
De tous les pauvres cœurs troublés
Par la vie et par son mystère;
Ainsi qu'une rosée austère,
Larmes humaines, vous coulez!

Vous coulez, soit qu'on vous dédaigne,
Soit qu'on vous veuille secourir;
Qu'on vous insulte ou qu'on vous plaigne,
Vous coulez sans jamais tarir...
Vous coulez sans répit ni trêve,
La nuit, le jour, soir et matin,
Comme le torrent que soulève
L'orage, — vous coulez sans fin.

Vous coulez toujours grossissantes
Sous un souffle toujours amer,
Inapaisables, gémissantes
Comme les vagues de la mer.

Soit que la grâce printanière
Enflamme et dore l'horizon,
Soit que la maudite saison
Du ciel exile la lumière,
Larmes humaines, vous coulez,

D'un bout à l'autre de la terre,
De tous les yeux inconsolés,
De tous les pauvres cœurs troublés
Par la vie et par son mystère;
Ainsi qu'une rosée austère,
Larmes humaines, vous coulez!

Désespérance

(D'APRÈS MIZKIEWIEZ)

DÉSESPÉRANCE

La nuit, enveloppant de son deuil toutes choses,
Avait dans sa pâleur éteint l'éclat des cieux
Et répandu l'effroi de ses brumes moroses
Sur le monde silencieux.

Les lys blancs, inclinant leurs têtes languissantes
Vers le sol, paraissaient flétris et sans couleur;
Et du lac indolent les ondes gémissantes
Semblaient frissonner de douleur.

Moi, j'étais là, rêvant à ta beauté cruelle...
Je me disais : « La terre est sombre et triste. Hélas!
La nature languit. Mais, plus encore qu'elle,
Mon âme est triste et mon cœur las! »

Mais voici le matin revenu. La lumière
Au monde rajeuni rend sa fraîche beauté.
Au souffle caressant de l'aube printanière,
La terre reprend sa gaîté.

Aux baisers du soleil offrant leur cœur avide,
Les lys ont redressé fièrement leur front pur;
Et le lac dans l'azur de son miroir limpide
Reflète le céleste azur.

L'oiseau, dans son doux nid, rouvrant son aile, envoie
Son salut amical au jour naissant. Hélas!
A son obscur chagrin mon âme reste en proie,
Mon cœur ne se réveille pas!

Compassion

(D'APRÈS LE COMTE ALEXIS TOLSTOÏ)

COMPASSION

UNE âme, en s'envolant dans les hauteurs des cieux,
Tenait obstinément ses paupières baissées,
Comme dans un regret absorbant ses pensées ;
Et lentement des pleurs s'échappaient de ses yeux.

Ses larmes, en tombant dans les espaces vides,
Derrière elle, formaient de lumineux sillons
Dans l'azur, où naissaient tout à coup des rayons
Inconnus, qui semblaient des étoiles humides.

Les astres en passant près d'elle, dans leur cours,
Surpris, en un tel lieu, d'une telle détresse,
Lui dirent : « D'où vient donc ton amère tristesse,
Pauvre âme, et quel chagrin te fait pleurer toujours? »

Elle leur répondit : « J'ai laissé sur la terre,
En partant, bien des cœurs meurtris par la douleur,
Succombant, sans pitié, sous le poids du malheur,
Opprimés de tourment, torturés de misère!...

« Ici, dans les splendeurs divines, les élus,
Se mêlant au concert de la sainte phalange,
Jouissent dans la paix d'extases sans mélange
Et goûtent sans répit des bonheurs absolus.

« Là-bas, sur terre, on lutte, on combat. A toute heure,
On craint un mal nouveau. Ce cruel souvenir
M'obsède et me poursuit. Je ne puis le bannir.
Créateur, laisse-moi retourner où l'on pleure!

« Laisse-moi retourner sur terre, ô Créateur,
Pour compatir encore à l'humaine souffrance,
Pour rendre à qui faiblit en chemin l'espérance,
Pour dire à qui gémit un mot consolateur! »

Regrets

(D'APRÈS LE COMTE ALEXIS TOLSTOÏ)

REGRETS

C'est l'hiver et la nuit. Tout est sombre. La terre
S'enveloppe d'un noir et douloureux mystère;

Plus de verdure au bois, plus de fleurs dans la plaine :
La bise a tout flétri de sa mortelle haleine;

Aux nids plus de chansons, plus d'oiseaux dans l'espace.
Un faible son, parfois, dans l'air attristé passe;

C'est le mourant écho de la cloche qui tinte,
Rythmant comme un sanglot sa monotone plainte...

Et moi, dans le désert de ma froide demeure,
Je me souviens des jours envolés et je pleure.

O mon amour, de toi maintenant séparée,
Mon âme de cuisants regrets est déchirée!

Je songe — et ce tourment obsède ma pensée —
Que peut-être je t'ai d'un reproche offensée;

Je songe — et ce remords sans trêve me désole —
Que je t'ai dit peut-être une dure parole;

Je songe — mais trop tard, et c'est là mon martyre —
Aux mots cléments et doux que j'aurais dû te dire.

Je songe que j'avais tant d'amoureuses choses
Au cœur, et que pourtant mes lèvres restaient closes!

C'est fini! Mes serments d'amour fidèle et tendre,
Hélas! hélas! tu n'es plus là pour les entendre!

C'est fini, c'est fini!... Les ivresses perdues,
Hélas! hélas! jamais ne me seront rendues!

C'est l'hiver et la nuit... et mon cœur solitaire
S'enveloppe d'un noir et douloureux mystère!

Printemps, Jeunesse

(D'APRÈS LE COMTE ALEXIS TOLSTOÏ)

PRINTEMPS, JEUNESSE

C'ÉTAIT dans la splendeur d'un clair matin de Mai;
La jeunesse des fleurs nouvellement ouvertes
Épanchait dans les airs un souffle parfumé;
Le ciel tout bleu riait aux plaines toutes vertes.

Sous le profond abri des ombrages discrets
Pénétrait la fraîcheur d'une brise légère,
Dont le soupir, flottant aux cimes des forêts,
Faisait autour de nous frissonner la fougère.

Tout se taisait — hormis la chanson des oiseaux
Folâtres, dans leurs nids cachés sous la ramure,
Ou de la source vive, à travers les roseaux
Promenant la gaîté de son joli murmure.

Souriante et songeuse, assise auprès de moi,
Oui, tout près ! — tu tenais tes paupières baissées,
Pendant que j'essayais, le cœur rempli d'émoi,
De te dire tout bas mes plus chères pensées.

O jeunesse ! ô printemps ! ô soleil radieux !
O rayonnant espoir ! délicieuse ivresse !...
En te voyant si belle et pure, de mes yeux,
Malgré moi, s'échappaient des larmes... O jeunesse !

O printemps ! ô matin ! Aurore des beaux jours !
Promesse d'avenir ! mystères ! rêves ! charmes !
Premier enchantement des naissantes amours !
O bienheureuse joie !... O bienheureuses larmes !...

Oh ! pour un jour au moins...

(D'APRÈS LE COMTE ALEXIS TOLSTOÏ)

OH! POUR UN JOUR AU MOINS...

Oh! pour un jour au moins, si j'avais le pouvoir
D'adoucir en ton cœur le mal qui le déchire!
Oh! pour une heure au moins, si je pouvais revoir
Briller comme autrefois ton pur et cher sourire!

Quand je vois que les pleurs vont obscurcir tes yeux,
Je voudrais de ton front écarter le nuage,
Comme un souffle de brise, en passant dans les cieux,
Chasse du firmament le menaçant orage!

Oh ! je voudrais te faire oublier tes douleurs
Et pour toi réveiller nos joyeuses années,
Ainsi qu'en un matin d'Avril toutes les fleurs
Rajeunissent l'éclat de leurs grâces fanées !

Oh ! pour un jour au moins, si j'avais le pouvoir
D'adoucir en ton cœur le mal qui le déchire !
Oh ! pour une heure au moins, si je pouvais revoir
Briller comme autrefois ton pur et cher sourire !

Dans un Bal

(D'APRÈS LE COMTE ALEXIS TOLSTOÏ)

DANS UN BAL

Dans un bal, au milieu du tumulte, au passage,
Je m'approchai de toi, seulement par hasard.
Encor je ne vis pas les traits de ton visage
Qu'un voile, en ce moment, cachait à mon regard.

Je ne pus entrevoir, à travers la dentelle,
Que l'éclair fugitif qui brillait dans tes yeux.
Et j'entendis ta voix sonore et pure, telle
Qu'on eût dit le doux chant d'un luth mélodieux.

Par le balancement de l'orchestre assouplie,
Ta taille était charmante et, je ne sais pourquoi,
Un nuage de grâce et de mélancolie
Me semblait vaguement flotter autour de toi.

Tu riais, cependant; et l'éclat de l'aurore
Est moins frais et moins gai que ton rire moqueur...
Oh! ce rire d'enfant, je crois l'entendre encore;
Ce rire! je l'entends à jamais dans mon cœur!

Depuis ce temps, à l'heure où, triste et solitaire,
Je cherche sur ma couche un repos qui me fuit,
Un incessant murmure, à travers un mystère,
Ressemblant à ta voix, me parle dans la nuit;

Et je vois deux beaux yeux candides qui, sans trêve,
Brillent comme j'ai vu les tiens briller, un jour;
Une forme pareille à toi passe en mon rêve...
Je ne sais, mais je crois que c'est cela l'amour!

L'Ange du Sommeil

(D'APRÈS LE COMTE ALEXIS TOLSTOÏ)

L'ANGE DU SOMMEIL

L'OMBRE, qui s'épaissit aux cieux, les décolore
Par degrés. Au lointain de l'horizon profond,
La clarté du couchant, à peine rose encore,
Dans l'envahissement de la brume se fond.

C'est la nuit. Le berger, qui pour eux la redoute,
Dans leur étable a mis ses troupeaux à couvert.
Je regarde... plus rien; et plus rien quand j'écoute;
La poussière s'abat sur le chemin désert.

Que l'Ange du Sommeil descende sur la terre,
Qu'il baise ton front pur et ferme tes beaux yeux ;
Et puis, en remontant, sur son aile légère
Qu'il emporte avec lui ton rêve près des cieux !

Que de fois à moi-même, alors que ma constance
Fléchissait sous le poids de mes chagrins trop lourds,
Comme un bon frère, il m'a prêté son assistance
Et donné le fidèle appui de son secours !

Va ! Je ne serai pas jaloux de lui. Repose,
Laisse-toi dans ses bras bercer, ma chère enfant.
Car du mal que nous fait tout homme ou toute chose
C'est lui qui nous console et lui qui nous défend.

Il nous verse l'oubli, seul baume dont s'apaise
Le cœur qui, chaque jour, un peu plus se meurtrit,
Et soulage, du moins un moment, le malaise
Des doutes éternels qui nous troublent l'esprit.

Que la journée est longue où l'on doit, brave ou lâche,
Avec ou sans espoir, incessamment courir
Vers un but qu'on n'atteint jamais et, sans relâche,
Recommencer à craindre, à lutter, à souffrir!...

Malgré la pureté candide de ta vie,
Les perfides regards, les impudents discours
De la haine menteuse et de la sotte envie
Ont dû jeter déjà leur venin sur tes jours...

Si, dès les premiers pas, ton âme s'est blessée
Aux buissons épineux qui bordent tout chemin,
Et si, dès le début du voyage, lassée,
Tu pleures sur hier et trembles pour demain,

Que l'Ange bienfaisant, dont la main secourable
Peut étendre les plis de ses voiles épais
Sur les réalités d'un monde misérable,
Plane sur toi! Ma pauvre enfant, sommeille en paix!

Si j'avais su...

(D'APRÈS LE COMTE ALEXIS TOLSTOÏ)

SI J'AVAIS SU...

Si j'avais su, j'aurais mieux fermé ma fenêtre,
A l'heure où, chaque jour, passait le beau garçon,
Le bonnet sur l'oreille, un peu hautain peut-être,
Mais ne manquant jamais, devant notre maison,
D'enlever galamment sur ses pieds de derrière
Son cheval tapageur, à la fauve crinière!

Si j'avais su, mes doigts auraient été moins prompts
A disposer des nœuds de rubans écarlates
Brodés d'argent, pour en orner mes cheveux blonds;
J'aurais eu moins souci de bien tresser mes nattes,
Et de mes beaux habits tirant moins vanité,
J'aurais pris moins de soin d'en parer ma beauté!

Je ne me serais pas levée avant l'aurore
Pour courir au détour du chemin vicinal,
Mouillant mes pieds tremblants dans l'herbe humide encore,
Et guettant le départ du chasseur matinal
Qui galopait par là, les yeux brillants de joie,
Faucon au poing, semblant déjà flairer la proie!

Je n'aurais pas, le soir, veillé seule, si tard,
Sur le seuil du logis, du côté de la route,
Inquiète, plongeant au lointain mon regard,
L'âme pleine à la fois d'espérance et de doute,
En attendant qu'il vînt conduire à l'abreuvoir
Son cheval fatigué... Si j'avais pu prévoir!...

Sérénade de Don Juan

(D'APRÈS LE COMTE ALEXIS TOLSTOÏ)

SÉRÉNADE DE DON JUAN

La guitare à la main et l'épée au côté,
Les yeux fixés sur ta fenêtre
D'où tes regards sur moi verseront la clarté,
J'attends! Ne vas-tu point paraître?

Dans le calme de la nuit,
Toute l'Espagne entend le bruit des sérénades
Auquel se mêle le bruit
Des fers entre-choqués en belles estocades.

Et musique et duel, tout se fait en l'honneur
De vos beaux yeux, nobles dames.
C'est pour vous que nos luths ont si grande douceur,
Si grande fierté nos lames!

Pour te chanter mon amour,
J'assouplirai ma voix et soignerai mes phrases;
Je ferai le troubadour
Pour exprimer l'émoi de mes tendres extases.

Mais si quelqu'un prétend qu'il est une beauté
A la tienne comparable,
Comme un blasphémateur, pour son impiété
Je tuerai le misérable!

La guitare à la main et l'épée au côté,
Les yeux fixés sur ta fenêtre
D'où tes regards sur moi verseront la clarté,
J'attends! Ne vas-tu point paraître?

Ballade Écossaise

(D'APRÈS LE COMTE ALEXIS TOLSTOÏ)

BALLADE ÉCOSSAISE

RICHARD, d'où vient le sang qui rougit ton poignard
Et pourquoi ce feu sombre et triste en ton regard?
— J'ai tué mon faucon de chasse;
Et sa perte à présent me paraît un malheur.
Il était de superbe race,
Aucun autre pour moi n'aura même valeur.
— Richard, Richard, tu sais mentir avec audace.
Mais le sang d'un faucon n'a pas cette couleur,
Et moins rouge en serait la trace...
Et puis, tu n'aurais pas au front cette pâleur.

— J'ai tué mon cheval. C'est sa mort qui m'afflige
Et me met en cruel souci.
La colère m'avait jeté comme en vertige...
— Richard, Richard, tu mens encor. Tu mens, te dis-je!
Ce n'est pas moi qu'on trompe ainsi.
Non. Ce n'est pas le sang d'un cheval que voici.
— C'était mon bon cheval de guerre...
— Richard, tu mens toujours. Ton cheval était vieux;
Tout autre que lui vaudrait mieux,
Et sa mort ne mérite guère
Qu'on ait des larmes dans les yeux.
— Puisque je ne puis rien te cacher... ni me taire,
Écoute donc. Apprends le terrible mystère;
Je suis l'assassin de mon père!...
Ce poignard que tu vois encore tout sanglant,
Je viens de le plonger tout à l'heure en son flanc
Et je succombe au poids du remords qui m'accable.
— Comment expieras-tu ce forfait exécrable?
Où ton cœur pourra-t-il retrouver le repos,
Richard, Richard!...
— Un jour où fouettés par l'orage,
Secoués par les vents, se gonfleront les flots,

Sur un fragile esquif j'affronterai leur rage
Et l'écueil brisera ma chaloupe et mes os!...

— Mais, Richard, si tu n'es plus là pour les défendre,
Que deviendront ta femme et tes enfants, demain?
Ils seront sans asile et peut-être sans pain!...
— Je ne les connais plus. Je ne veux plus entendre
Leur nom, jamais, jamais! Que sur le grand chemin,
Le sac au dos, les pieds meurtris, ils aillent tendre,
Comme des vagabonds, leur suppliante main,
Mendiant au hasard, frappant de porte en porte...
Pourvu que ma mémoire en eux soit morte, et morte
La leur en moi, le reste, à présent, que m'importe?

— Mais ta mère? Elle a droit à ta pitié, du moins.
Richard, souviens-toi d'elle. Avec quelle tendresse
Elle a veillé sur toi, jadis, et de quels soins
Elle entoura ta pâle et chétive jeunesse!
Souviens-toi. La douceur du baiser maternel
Apaise tout chagrin, calme toute colère...

N'as-tu rien à laisser à ta mère?
— A ma mère!...
Éternel anathème et supplice éternel
A qui, poussant mon cœur et mon bras jusqu'au crime,
M'a fait rouler au fond du ténébreux abîme,
Désespérant ma vie et me fermant le ciel!...

Table

TABLE

Achevé d'imprimer

le douze octobre mil huit cent quatre-vingt-treize

PAR

ALPHONSE LEMERRE

25, RUE DES GRANDS-AUGUSTINS, 25

A PARIS

I. — 2054

www.ingramcontent.com/pod-product-compliance
Ingram Content Group UK Ltd.
Pitfield, Milton Keynes, MK11 3LW, UK
UKHW021105290826
14628UKWH00014B/768

9 782019 220334